용오름

황금알 시인선 281

용오름

초판발행일 | 2023년 11월 27일
2쇄 발행일 | 2024년 12월 24일

지은이 | 유종인
펴낸곳 | 도서출판 황금알
펴낸이 | 金永馥
주간 | 김영탁
편집실장 | 조경숙
표지디자인 | 칼라박스
주소 | 03088 서울시 종로구 이화장2길 29-3, 104호(동숭동)
전화 | 02)2275-9171
팩스 | 02)2275-9172
이메일 | tibet21@hanmail.net
홈페이지 | http://goldegg21.com
출판등록 | 2003년 03월 26일(제300-2003-230호)

*이 책 내용의 전부 또는 일부를 재사용하려면 반드시 저작권자와 황금알
 양측의 서면 동의를 받아야 합니다.
*잘못된 책은 바꾸어 드립니다.
*저자와 협의하여 인지를 붙이지 않습니다.
*이 책은 경기도, 경기문화재단의 지원을 받아 발간되었습니다.

용오름

유종인 시조집

황금알

소소한 번민의 중과重課를 세상에 없는 과일로 빚으려니

시음詩吟이 내게 그런 겨를을 주려니,

용렬하지만 사랑의 일과日課로

번져가는 길을 내내 바라느니,

둥근

해와 달과 지구와 같이.

2023년 늦가을 일산 송빙관松聘館

차 례

1부

먼동 · 12

내부 총질 · 13

성산포 · 14

해빙 · 15

용오름 · 16

비철非鐵 난초 · 17

환승역 ─ 시간여행자 · 18

갈대밭과 파밭 · 20

헤비메탈의 가을 · 21

내 마음의 식물도감植物圖鑑 · 22

겨울 미사 · 24

작은 평화 ─ 호떡 보조원 · 25

천상열차분야지도天象列次分野之圖를 읽다 ─ 별을 낳는 새 · 26

샛강에서 · 28

꽃의 연결 · 29

옴두꺼비 · 30

탐라耽羅는 탐나는도다 · 31

죽粥 · 32

육교 위의 버드나무 · 33

우크라이나 · 34

마중물 · 36

도르래 · 38

귀 · 39

탐라수선화耽羅水仙花 ─ 이중섭로路 · 40

동백낭에 눈 내리면 · 42

2부

고등어 · 44

노안도蘆雁圖 · 45

타악打樂의 계절 · 46

여름 난꽃 · 47

백팩 · 48

수요 호텔 · 50

가을은 모두 토요일 같이 · 51

웅 · 52

쓰다 · 53

화서花序 · 54

페트병 · 55

심 · 56

산방산에서 · 57

어떤 역전 · 58

산불 · 59

새벽이라는 대패 · 60

나무 의사 · 61

고요 찬 그대와 사랑의 회중시계를 나누듯 · 62

추억의 물질 · 64

가위 · 65

솔수펑이에서 · 66

추억은 저화질 속에 · 67

뜻밖의 얘기 · 68

자산어보玆山魚譜를 찾아서 · 69

아직 태어나지 않은 시인을 위한 파반느 · 70

3부

설경 · 74

임자 · 75

병후 난초 · 76

자라는 탑 · 77

사랑의 일이라면 · 78

파기破器 · 80

쏘다니다 · 81

큰손 · 82

쥐덫 · 83

가까이 가 보니 · 84

벌판의 꽃나무 ― 李箱 · 85

기도객 · 86

빗물 속의 술집 · 87

당신의 수건 · 88

겨울 농사 · 89

갈지자와 지그재그 · 90

미소의 영원 · 91

은어를 부르다 · 92

등나무 집 · 94

마스크 열전 · 95

천도 · 96

홍시 · 97

산란山蘭과 막걸리 · 98

봄비 · 100

골동骨董 ― 무지개 · 101

■ 시인의 산문 · 104

1부

먼동

어웅하니 적막한 이여

어둑하니 밝은 이여

못 갖춘 모든 것을 받자 하니 트여가는

미명未明을 두드리면서
북을 메고 오는 이여

내부 총질

정치판에 들이대면 분란의 집속탄集束彈인데

시인의 신새벽엔 번민의 시음詩吟이지

저 봐라 꽃나무 봐라

물의 총질

끝의 개화

성산포

청처짐한 한란 한 분盆 품에 안고 서 있으마
굿졌다 되살아나 이승 난처難處 헤맬 당신
영생은 일경구화一莖九花의
한란 꽃에 바람 번지듯

나는야 어리보기 바람 든 움무 같아도
바람 푸진 성산봉은 사슴에게 맡겨둔들
풀 뜯다 뿔 받힌 하늘이
영원 돋쳐 새푸르듯

생사가 겹사돈인 듯 눈부시다 눈물겹다
헤어짐도 만남만 같은 우도牛島를 곁에 두고
다솜은 천지간의 점괘라
뫔이 들린 나는 심방

인연은 굴풋한 것 그 속종을 귀히 여겨
굴풋한 꽃들끼리 이마가 줄곧 닿는
유채밭 노란 귓불을
하냥 떠는 성산의 봄

14

해빙

너테의 혹까지 달며 얼음 빗장 완고하더니

곰보의 낯짝으로 제빛에 겨워하다

몽니도 옥생각마저 풀 때

물결 소리

귀히 얻다

용오름

시커멓게 몰려오는 바다 위 활빈당活貧黨들
쏠쏠한 바닷것들을 하늘로 한턱 쏘네
비린 것, 혀에 녹듯 꼬슨 것
하늘 동네에 올려주 듯

먹성 좋은 회오리네, 볼이 넓은 깔때기네
저 봐라, 난바다에 훤칠한 거사擧事를 봐라
허공에 기꺼이 들린
지느러미의 날갯짓들

바다 것이 하늘 되고 하늘 것이 뭍의 권속
대회전차 바다에 걸고 망망茫茫함을 퍼 올리듯
자연은, 물산物産이 도는 것
물맛 도는 무지개여

비철非鐵 난초

왁자하니 설거지 끝낸 한 묶음의 수저들을

무심코 수저통에 투호投壺처럼 꽂아 넣을 때

찬란의 비철 난초여

파도 소리

꽃을 버네

환승역

— 시간여행자

3호선 종삼역鍾三驛에서 5호선 갈마들 때
초혼招魂의 절절한 사내 소월素月을 본 거 같다
왕십리 신문사 지국에
문 닫으러 가는 갑다

가는 방향 엇갈리며 마주한 키 큰 사내
빵모자에 파이프담배 김종삼金宗三을 빼쏘았다
내생을 뒤물려 나와
국밥 소주 먹고 간단다

환승의 계단 중간참 훤칠하니 선 저 이는
금홍을 기다리나 봉두난발 이상李箱 같네
정오의 광화문 광장에
탄핵처럼 서고 싶단다

없는 아기 빈 젖 물리며 플랫폼에 하염없는
어지간히 사랑에 치인 나혜석의 헤진 실루엣
운명의 독화讀畵를 따로이
헤아려볼 짬이 없네

개찰구를 반대로 나와 히히대는 낮술 냄새
이승에 소풍 왔다 낮별들과 술이 깊은
상병祥炳이 천상 어린이
막전철에 마저 웃네

갈대밭과 파밭

생활은 갈대밭 가에 파밭을 개간하고

낭만은 파밭 어름에 스적이는 갈대 소리,

파뿌리 갈대 뿌리에 얽히듯

성속聖俗이 갈마드네

헤비메탈의 가을

무엇이나 무끈한 것도 무엇이나 번다한 것도
이 가을에 헤드벵잉 몇 번이면 가붓해지리
번민도 맑히어놓을
환장할 고요의 피

나는야 머리가 커도 열두 발 상모를 쓰고
광장과 벌판으로 에둘러 휘감아 돌듯
천지간 네남이 없이
사랑의 일렉기타

하늘하늘 저 코스모스는 섬섬한 헤비메탈
공터의 녹슨 폐차도 한껏 멈춘 헤비메탈
물가의 버들과 바위도
가을 깊은 헤비메탈

내 마음의 식물도감植物圖鑑

개천 가의 소리쟁이는 초록의 칠지도七支刀* 같고
들판 길의 엉겅퀴는 황해 땅의 장길산張吉山 같네
변방을 산다 하지만
능역陵域인들 마다하랴

시궁창의 미나리들은 치욕 없이 오롯할 뿐
개망초꽃 푸진 공터는 비주류非主流의 화원일 뿐
자운영紫雲英 만발한 들판에
소낙비도 쉬어가듯

억새 갈대 달리 봐도 바람 속엔 한통속이고
새콩은 콩새가 먹고 달맞이꽃은 달을 품나
수크령, 그 이름만으로
호젓해진 들길 나네

익모초益母草 달인 샛강은 어미 찾아 하늘에 닿고
산죽山竹에 누운 바람은 이녁 찾아 자릴 털며
살煞 닳아 오지 않겠나
소스라친 가락들

며느리 꿈자리까지 뿌릴 뻗는 쇠비름도
소들도 먹지 않는 껄끄러운 환삼덩굴도
무서리 막새바람에
끝물을 왜 모르겠나

재야在野의 풀꽃이라 품어줄 리 없다지만
내 안에 마당 뒤란엔 호방하니 숨탄것들,
늠연히 팻말을 꽂고
풀의 소국小國이 섰다 하리

* 소리쟁이, 엉겅퀴, 미나리, 자운영, 억새, 갈대, 새콩, 달맞이꽃, 익모
  초, 수크령, 산죽쇠비름, 환삼덩굴은 모두 우리네 들판에서 자생하는
  풀꽃들.
* 칠지도七支刀: 일본 이소노카미 신궁에 보관 중인 백제 왕이 일본 왕
  에게 하사했다는 가지가 6개인 철제 검.

겨울 미사

신부님 울림 있는 구약성서 말씀에도
군말하듯
주석 달듯
퇴청할 줄 모르는 말,

해묵은 천식 소리가 성호 긋듯 따라붙네

들어도 못 들은 척 그러려니 듣는 말 중에
주의 기도
위령성월
그마저도 따돌리는 말,

돌연한 기침 소리가 가시 돋친 세례명 같네

꽃밭에 나비물 주듯 속울음 기울이듯
덧칠 없이
화장 없이
숨탄것의 밭은 고해告解,

곱추도 왜소증 여인도 손을 가려 받고 있네

작은 평화

— 호떡 보조원

굳이 필요할까 싶었지만 묵묵한 손길,
제주 동문시장 입구 호떡을 갈무리는
반그늘 그 사내 얼굴에
노자老子도 서린 듯해

기다리는 틈틈이 흘끔흘끔 건너보면
다 된 호떡에도 매무새를 손봐 건넨
음전한 그 속종 어름엔
성속聖俗이 반반半半 같고

천상은 일 없음인데 지상은 손을 좀 타야
연애도 소를 좀 넣고 호들갑이 기려운 터
노자도 저만치 일감은
세상의 춘설春雪이랬지

천상열차분야지도天象列次分野之圖를 읽다
— 별을 낳는 새

1

한여름 공동묘지에 풀을 베러 갔지요
태어나 궂긴 날짜들 돌비에 새겨넣고
슬픔도 나직한 풀내음
낮별처럼 환한 뜸

신참인 황토 봉분封墳도 뭇별에 기별이 들고
묏둥이 낮은 흙뜸은 아득한 6등성일까
하관下棺의 흙 내리던 소리도
아련한 별빛 같네

2

수삽羞澁한 망자亡者들이 한낮에도 별을 헤듯
28수宿 별자리를 풀벌레 목청에 풀면
바람은 두루마리를 펼쳐
뭇별들을 적바림하듯

꽃 지듯 혼백魂魄들이 하늘땅 갈려 가면
하늘에 뜬 눈물의 처소, 별 뜸이 돋는 듯이

열구름 헤치고 나온 별
누굴 찾아 총총한가

3
무덤의 풀을 베고 목로에서 술을 걸치면
풀물 든 바짓단은 수결手訣하듯 푸르르고
시장통 오가는 사람들
헤매도는 뭇별 같네

이보게, 이번 생은 도반 같은 땅별 지구,
한순간도 거를 수 없는 다솜의 행려가 번져
지상地上이 천상天上을 향해
별을 낳는 새 아닌가

샛강에서

하늘은 호오, 하고 고리눈을 떴음에
연둣빛 버들가지 허리까지 잡아당겨
끌었네, 그대 손목을
샛강까지 끌었네

겨우내 낡은 거루에 석임물을 퍼내려
진흙에 묻힌 바가지 천둥처럼 들어낼 때
있었네, 그대 그림자
뱃전 위에 묵었네

고삐를 풀었으니 강물이 가자는 대로
으슥한 사랑한테는 갈대숲을 내어주고
버들눈 스친 뺨에다
내 입술도 스치나

왜가리 허공에 들린 춤사위로 가뿐해진
마음의 너테들이 는실난실 풀려갈 때
돋았나, 연애가 돋았나
만물들이 숨 돋았나

꽃의 연결

꽃을 따라 배운 미소가
바위한테 옮아가면
묵묵함도 환한 표정
솔이끼가 슬었구나

굴형에 빠질지언정
미소마저 더럽힐까

꽃을 사귀어 얻은 꿀이
지옥까지 옮아가면
연옥燃獄마저 견딜만한
스토리가 있어봐라

꽃 한철 오래 새기면
생사마저 허니문이지

옴두꺼비

나, 사랑에 벗장이라서

여물 데가 없더니만

어머니 그 옴瘖의 모음母音도 마음에 못 옮아서

더듬어 살갗에 맺고는

너덜길을

가고자

탐라耽羅는 탐나는도다

성산 모슬 비춰 파도 누가 예 날 부르나
내 사랑의 늘그막은 네 사랑의 초행길은
영원의 에메랄드빛
거룻배에 실렸나

백사장에 밀린 해초 말똥 곁의 탐라수선耽羅水仙도
불로不老일세 불로일세 하루가 천년 끄는
유채꽃 바람을 쐰 눈에
우린 서로 눈부처니

화창한 듯 고요하게 헤어진 듯 만남이게
서귀포 칠십 리에 시詩 혼령의 올레 겹쳐
풍물을 이만치만 살아도
신운神韻 도는 다솜일세

번민은 사랑 공부 지병은 인생 동무
섬들의 어깨동무는 파란만장 고요서껀
탐라耽羅는 탐나는도다
사무침을 펼침이로다

죽粥

죽 한 사발 들고 섰지요
드릴 이가 있을까요

꽃 몸살을 앓는 바깥
눈대중만 하는 그대

아, 하고 입만 벌려도
뭉근 꽃이 들어요

못 부르는 버들피리
입말 섞어 불러준 뒤

기운 차릴 눈빛이면
세상 절반 뚝 떼줄 심산

아, 하고 입만 벌려요
죽사발을 들고 섰지요

육교 위의 버드나무

육교 위 구석진 데 제설용 모래 자루에
홀연히 뿌릴 내린 버드나무 외따로이
푸르게 수신호 날리며
굽어보는 교통 흐름

멀리로 내다봤다 발아래 굽어봤다
이만한 망루가 있나 한 시름도 꽃다운 곳
인간이 못한 조망眺望을
물려받은 길 위의 길

멈춤의 그 자리에 청처짐한 여유인 듯
내닫는 알력의 속도 다독이는 가지의 고요
뉘라서 왕따라 일렀나
쉬는 짬도 선도仙道라네

우크라이나

어령칙한 연緣을 찾아 언젠간 가볼 거야
끌리는 전생인양 품에 깊이 사려둔 땅,
드넓은 밀밭 평원을
초토焦土로 바꾼 자들

전쟁이란 남을 궂겨 저도 죽는 당착撞着일 뿐,
이 뻔한 극명함에 이승의 판돈을 건들
누구라 예외 있던가
사신邪神 들린 그 종언終焉을

전장의 모든 병사는 겁을 사린 용병傭兵일 뿐
먼가래한 병사 무덤에 훈장을 다 껴묻은들
숨결이 번져야 살지
해방전쟁 허울 벗고

가난한 이 시편으로 크라우드 펀딩을 할까
야차夜叉의 해코지들 밑씻개로 물려두고
펀딩한 모금을 좀 헐어
크림빵을 나눠 먹자

한반도의 지구와 우크라이나의 지구가
별이 다른 행성인가 청맹과니 분노여
혼군昏君의 저 일 인분 야욕이
지구 역사 대본인가

우크라이나 우크라이나여 멀리서 바라 우느니
아들들아 방아쇠 놓고 집으로 길을 트게
어머니 스튜 끓이는 저녁
아늑함을 관전하듯

아수라를 잠재우고 먼동이 틀 숨탄것들
순정한 힘 우직한 사랑 해바라기 환한 땅에
폐허를 관광할 순 없네
평화를 참지 못하네

마중물

다들 다 등을 돌려
멀어지는 서슬인데

눈시울이 흥건해서 저만치 섰는 이여
끝끝내 나를 기울여
당신을
퍼올리듯

순간이 영원한테 댓거리를 할라치면
금도 옥도 소소하고
생수 한 잔 건넨 말씀
깊이를 따질 수 없이
끌려오는
물소리

마른 이여
지친 값이여
분탕에 빠진 세계여
어쩌자고 우리는 불로 사는 물들인가

만유萬有의 물푸른 미소를
불러내는
물로 살리

도르래

옛일이 귀를 당겨 발길 닿은 우물가에
도르래 줄을 내려 대답을 퍼올리듯
무얼까 철럼한 이 물맛은
하늘빛이 녹아있네

저 봐라, 지붕에 오른 단호박도 상군上君인 것
호박넝쿨 그 도르래줄 제 몸에 감아 당겨
하늘이 멧돌호박을
용마루에 무동 태운 것

오래된 마을 어귀 땅 속의 연자매가
천근 만근 옛 얘기를 가뿐하게 들리는 건
도르래 쇠줄의 섭외에
어눌한 썰說이 풀린 것

무끈한 것 가벼이
나락奈落의 것 창공으로
재우치듯 되살리 듯 줄줄이 들리듯이
석양에 비낀 새떼들
신명을 푼 도르래줄

귀

여름엔 귀가 크다 버섯처럼 귀가 크다

매미 소리 돋아 먹는 새벽 잠결 귀가 크다

먹구름 우레를 삼킨

천지간天地間도 귀가 크다

개미허리 둘레를 듣는 땡볕도 귀가 뜨겁다

사랑은 속삭임에도 신神의 눈엔 귀가 밝다

그윽이 마음을 듣는

세상 어미 귀가 밝다

탐라수선화 耽羅水仙花
— 이중섭로路

한겨울 나기로는 술도 볕도 가물어서
기침을 하다 말고 적적해 혼잣말하면
외딴 것, 그거이 꽃이지
맘을 졸여 벙근 거여

간절한 듯 서글픈 듯 사무친 듯 화사한 듯
밤잠이 깊다가도 곡두처럼 집을 나와
저으기 말도 헤식어
울음 삭혀 웃는구나

출타 중인 대향大鄕*네 처마 들어 비를 긋다
내 발등에 꽃 그리메 얹고 신들메를 묶어주는
외로이 청처짐한 낯이
향내어린 도래샘인 듯

능갈치던 벗도 멀어 면밥 먹다 꽃을 보고
반 식초의 막걸리도 나발 불다 잎을 보면
외곬도 아리땁구나
술내 꽃내 갈마들 듯

40

동돌을 옮겨놨다 그 꽃과 그 잎새 밑에
새뜻한 그리메 설웁게 농울칠 때면
굳겨도 되살아나는
적바림의 향이 도네

* 대향大鄕: 화가 이중섭의 아호雅號.

동백낭*에 눈 내리면

공중엔 앳되게 피고 땅 위에 재장구쳐 피니
누가 이걸 편찬했나 애닯토록 환해졌나
흰 눈이 떠도는 꽃이면
동백은 숙박의 꽃

위미항 노는 배가 눈설레에 건들대면
그때는 동백낭이 뿌리 걸음 놓으란 말
동박새 뱃길을 튼 섬에
동백 도민島民 되란 조짐

나한사름*도 조무래기도 동백 그늘 발 밟히면
짓붉은 그 가슴에서 백설기를 쪄낸 듯이
다솜의 먼동이 터오듯
눈물이 주렴 같네

* 동백낭: 동백나무.
* 나한사름: 나이든 늙은 사람.

2부

고등어

살을 좀 내어줄 것을, 저만치 간절해질 것을!
등 푸른 그대의 환대 접시 위에 올려놓고
바다의 풍미를 나누니
속살이 환하구나

열 일을 다 제치고 사랑의 힘꼴을 쓸 때
죽어서도 헤엄치는 등 푸른 고도古刀의 자세
제 한 몸 누구를 먹여서
고등高等의 환생인 것

노안도 蘆雁圖

나락에 눈이 박인 기러기들 굽은 목이

초서체 휘어감는 연획의 일단이라

햇살이 붓촉을 내어

결구마저 짓는구나

끄덕 끄덕 없는 바람에 졸음 겨운 겨울 갈대

다솜은 반 평 그늘도 살뜰히 굽어살펴

윤슬의 파란만장을

생사 너머 펼쳤구나

타악打樂의 계절

신새벽 흰 새소리 허공을 치고 간다
간정된 허공마저 운판雲版처럼 울린 뒤라야
날것과 흙먼지서껀
공중空中을 새로 열 듯

쓰레기통 터는 소리 대빗자루 쓰는 겨를도
홀에 갇힌 클래식이 시정市井에 번졌구나
등기물登記物 노크 소리도
뜻밖의 타악 같네

매를 벌듯 다정을 울리듯 내 옆구리 찔러오듯
그대가 아니라면 누구라서 날 울릴까
즐거이 매맞는 악樂이여
부서지는 속악俗惡이여

무심히 부딪힌 어깨 눈 흡뜨다 미소가 돋듯
삼세三世의 그 기억들 아슴하게 밝아오듯
뼛속을 울린 스침이
밤새 날린 명족鳴簇 같네

여름 난꽃

무더위도 잦아들고
우렛소리도 비다듬으면

운명도 몽니를 부리다 그윽이 드는 반성

못 보던 얼굴인데요
외로 꼬는 향수병

일가족 궂겼다는 여름날의 부고에
가서는 오손도손 천수를 누리시라

난꽃은 지고 나서도
향기를 싸주는 듯

백팩

책은 무슨! 덜어내고
야생란을 담아야지

걸걸한 탁배기 반 되
고라니의 목청서껀

정발산 아카시 향 한 말
붐비듯이 담아야지

더러는 이끼 한 줌과
소낙비 소리 끌어 담고

어머니 눈빛이 서린
돌 하나를 탐석하다

우박에 찢긴 오동잎
고문高文인양 담아봐야지

봉선화 씨방 트는

저 가을볕 들쳐 담고

푸른 적막 구 만 리
말 갈기의 노래 삼 천

반그늘 소슬한 송뢰松籟를
연서戀書 삼아 들여야지

수요 호텔

물이 많은 날이라면 어딜 가도 호텔 같다
호숫가 왕버들 밑에 푸른 주렴 들여놓고

물오리 룸서비스 받듯
윤슬서껀 반겨 보듯

현대식 정자 옆에 수련 연못 졸든 말든
문™ 없는 사방이야 대숲으로 에둘러놓고

낮잠을 해먹으로 삼아
이 몸 하나 기대둘 뿐

이 녹음이 저 단풍으로 호텔 뷰를 새단장하듯
꽃 떨고 열매 드는 일 처연한 호사인 듯

무시로 물결이 번지는
영원은 체크인 중이다

가을은 모두 토요일 같이

그대의 지시사항
당면을 불려놓고
잡곡 쌀을 씻어서는
쌀뜨물을 흘리는데
어스름 저녁의 소울soul
어느 귀가 듣는가

늦가을 맑은 독촉은 토요일을 늘여 **빼고**
시르죽는 국화 잔당도 역광에 눈이 시려
괜시리 귀를 대보면
꽃 울음도 시리네

그대의 당부사항
청소는 못 마치고
앞뒤로 창을 열어
바람한테 맡겨볼까
필부匹夫가 생활의 아호雅號로
쓸고 닦는 휘호인가

응

돌나물 무쳐 먹을까
막걸리 좀 담아볼까

궂긴 이들 돌아오게
휘파람을 돋아볼까

응, 응, 응
신神들의 응석받이로
시도 한 수 지어볼까

쓰다

글을 좀 쓴단 년은 몰인정을 뽐을 내고
얼굴 좀 난단 놈은 정색하듯 턱을 들고

허무에 그슬린 그대만
반그늘로 묵묵할 뿐

무릇 무릇 가을 가야, 스러짐만 용을 쓰다
새침하게 돌아서길 야윈 듯이 옹립되는

씀씀이 사랑을 쓰기를
인색한들 무에 쓰나

허공에 휘호 쓰듯 소낙비 같은 정인 곁에
뒷말하고 능갈치는 그런 물색 어디 쓰나

가을무 쑥 뽑아 먹은 뒤
트림이나 쓰려나

화서 花序

박자가 틀렸대요
손발이 안 맞는대요

통박이 떨어지고 나비눈이 날아들어도

섬섬히 저 꽃차례를 봐요
엇박자가
미쁘지요

페트병

그 싸하던 탄산 방울 허공에 풀어준 뒤
하릴없는 건들거림 줄곧 모로 눕는 노숙,
무심코 집어든 순간
한 하늘이 당겨 든다

반을 뚝 잘라서는 송곳으로 물구멍 내고
상추는 모종 내고 산세베리아 옮겨 심고
환생이 별 것이더냐
마음자리 흙을 바꾼

현생이 메마르면 물 댈 일이 호수 같은 것
투명한 화분 너머로 트여가는 잔발의 뿌리
눈 호강 푸르른 페트병
윤회 분盆이라 불러다오

심

싸다기에 샀더니 오이에 심이 있네

각질의 심을 파내
고랑이 난 오이여

속이 좀 환해졌는가
오이향이 번지네

산방산에서

바람 속에 돌올하니
솟아 앉아 점을 치나
흩뿌려진 인연들을
흐린 듯이 새겨넣듯
석벽에 콩짜개란은
콩 반쪽도 나눌 심산

바다는 산방 굴에
잔귀 먹어 마실 들고
부처와 낯가림 없이
지네 발을 세는 서슬
풍랑이 앞바다를 뒤져도
귀 어두워 정토라네

건들마로 놀러 왔다
지긋이 눌러 앉힐
오름처럼 지긋한 이녁을
끌밋하다 점친 봉오리
다솜을 옹립하려면
이만치는 우뚝하려네

어떤 역전

떨어진 복권 종이로 죽은 지네를 떠내어
베란다 창을 열고 너른 데로 하관할 때
따라지 종잇조각에 삽과 관棺이 겹쳤네

구겨진 인생 역전
다시 펴면 통꽃 같고
떠오른 그대 일갈一喝
되살리는 시의 메모,
낙첨된 숫자들처럼 평안하면 그게 대박!

헛발질 그만하고 뺑튀기나 사란 통박을
귓등으로 듣다 말고 풍란 한 분盆 들인 거실
난향기 오지랖 넓어
소파 다리도 향이 도네

산불

산불이 격화되어
잿더미된 산가山家 탓에
자연인은 오랜만에 옛 애인의 도시都市에 살까
그슬은 수염을 쓸면서
염정艷情만은 새로 돋아

산불이 떠난 산에 스산한 공염불이듯
재는 날려
재는 날려
흰칠함을 낮춘 자리
와송瓦松은 가만 바라네
새로 들일 자연인을

새벽이라는 대패

새벽의 연장통엔 대패가 들었는갑다
어둡사리 더께진 데를 한 켜 한 켜 걷어내듯
도르르 말려 나오는 새소리의 대팻밥들

사나운 꿈자리에 향낭 하나 채워주듯
무늬진 그 속살을 칼의 혀로 발라내듯
먼동을 틔워내는 자, 현상하는 둥근 대패

평대패로 유리창을 턱대패로 나무들을
여명의 그 손길엔 갖은 대패 쥐여 있어
턱지고 굴곡진 만상萬象들
다침 없이 얼러내네

나무 의사

눈 짐을 털지 못해 팔 가지를 꺾어 내린
소나무 아래 서면 내 팔도 환지통幻肢痛 앓듯
수십 년 푸른 널 뛰던
춘향 바람이 그늘지네

나무의사 준비하는 오십 줄의 충주 친구
딱따구리 촉진觸診 소리에 새벽마다 수험서 열며
저 녀석 좇는 자신이
도량석의 인턴이라네

이론으로 피운 꽃 없고
설명으론 결실이 없어
구새먹은 중동가지엔 들락이는 족제비들
삼투압, 그 힘찬 맥동이
흙의 기운 보태는 날

서서 죽은 강대나무 인척인양 알아보고
안간힘의 소생술로 애면글면 비다듬듯
나무에 뽐 밀어 넣듯이
동식물이 갈마든 일

고요 찬 그대와 사랑의 회중시계를 나누듯

1.
화장실도 천장이 없는 와히바 사막 리조트에 새벽참
파도소리에 웬일인가 나가보니
　사막의 이슬 밥 먹는 새떼들의 호버링 소리

　비로드의 모래 살결 무시로 비다듬는 바람의 천년 애
무에 안개 품는 사막뱀들
　서늘한 열사熱沙 한 줌에 돌부처가 서렸네

2.
묵은 갈대 스적이는 새벽 서덜 거닐 때 안개의 커튼 열
고 누군가 팔짱을 낀다
　누구냐 넌 고갤 돌리면 고막 터진 적막들

　스처간 것 다가올 것 그 모두를 알지 못해 너와 나는
이 지상에 영매가 서린 갈대들
　여울물 베개 삼다가 인기척에 뜨는 해여

3.

오리 밖이 환한 날도 어령칙한 내 속종을 모래톱의 왜
가리한테 미꾸리처럼 건네볼까

삼켜라 다솜이거들랑 그예 토해 내게 다오

묵은 빚도 눈부시게 가을에 당도해서 털여뀌 껑충한
키로 그대 앞에 서는 것만도

사랑의 회중시계를 은하수에 빠뜨리겠네

추억의 물질

아스피린과 안티프라민 용각산과 바카스서껀
잔류가 오랜 남는 추억이란 약기운들,
아픔이 외상 갚아가듯
흉터처럼 웃게 하는

가만히 두 손 모아도 합장과 기도가 되듯
덧없이 웃다 말고 당신 손을 끌게 되는
내 핏속 꽃과 짐승이
사철 돌아 철럼하듯

한 얘기 또 반가운 듯 군동내도 미쁜 뜻은
건각健脚의 그 옛일이 나를 반겨 재장구치듯
날 깨운 하늘의 되울림
추억되는 비[雨]란 물질

가위

원형탈모 산발인 채 이발 의자에 앉아있죠
원고 끝낸 뒤끝인 듯 새뜻한 가위질 소리
글 씀도 번민의 이발인가
거울한테 물어봤죠

모욕과 능멸의 말들 갈마드는 세 치 혀에
유머의 입 모양새 가위를 소개했죠
치렁한 집착은 잘라
신들메나 삼으란 듯

어머니 같이 잘라요 가을볕에 마주 앉아
붉은 고추 배를 가르며 매워도 달다 했죠
매콤한 루즈의 입술
이런 가위 참 좋지요

솔수펑이에서

솔수펑이 드는 바람은 광야 사막 돌던 행려

뿌리너겁 구성진 솔밭 그냥 잠시 머뭇대도

송뢰가 스쳐간 팔뚝은

소름 말간 시편 같다

거닐어 반그늘 솔밭에 남루가 깃들 망정

멀어진 그대 음성 솔가리로 옷깃에 꽂혀

그대여 예 들기만 해도

이별마저 그윽해라

추억은 저화질 속에

바람이 어깰 보이네

허수아비는 심장이 뛰어

난 홀로 술을 치고

언덕 위에 나팔 불고

방황은 부처 같았다

그리움 예수 같았다

뜻밖의 얘기

남편은 암투병이고 아내는 루게릭이래요

살아서 안 아픈 일만 골라 밟자 했더니만

뜻밖의 그런 얘기엔

신神의 팔을 꼬집어요

자산어보慈山魚譜를 찾아서

흑산도 달밤에는 사무치는 파도 소리
마음의 도마에 얹고 결 따라 저며 썰면
수만의 조기떼 울음이 밤하늘을 날구나

바다의 달팽이라는 군소의 걸음걸이로
수평선 발등에 얹고 갯바위를 걷다 보면
따개비, 저것도 꽃인가 짠물 먹는 꽃인가

민어가 모여드는 갯골 위에 띄운 배들,
민어 대신 농어 새끼 껄떼기가 올라오고
웃는가, 사람의 얼굴로 홍어 낯이 해맑다

통발 가득 불가사리떼 어부 낯이 어두운데
내일은 참돔을 잡아 어머니 상에 올려야지
떡조개 속살을 무쳐 여름 입맛을 돋아야지

먹물 끊긴 붓을 들다 문어文魚를 떠올리듯
필설筆舌을 넘어서듯 절절한 글이라야
뿔산호 붉은 꽃노을을 지지 않고 피우겠다

아직 태어나지 않은 시인을 위한 파반느

백발의 저 노인은 백년 전도 백발 같아
앞서가 뒤돌아보니 자작나무 풍채인 게
거뭇한 옹이 마디에
웅숭깊은 눈을 텄네

공중의 어느 좌표에 화장실을 세워놓고
새들은 꼭 그 자리서 뒷일을 보는갑다
흰 새똥 뒤집어쓴 바위가
천년 가는 혼수婚需 같다

이파리가 죽은 난과 새촉이 돋는 난蘭은
한 바람에 다른 결로 햇빛 속을 갈마들며
터 잡은 고요의 심지에
수결手決하듯 꽃을 버네

남녘의 섬 한귀퉁이 나를 번질 터가 있어
독필禿筆의 그 날까지 내 번민을 받자하니
툇마루 볕바른 자리에
선지宣紙 펴는 댓잎 소리

야자수와 소나무가 동백꽃을 아우 삼듯
산까마귀와 갈매기가 청보리밭 답청하듯
숨탄것 지상의 한 걸음씩
몸을 내는 얼이 있네

3부

설경

세상은 한 시루 가득 눈밭을 쪄냈음에

사람과 삽살개 입,

굴뚝마다 김을 달고

무인無人의 상차림 그윽이

흰 고요를 겸상兼床코저

임자

흙바닥에 떨군 두부에 박혀 드는 흙모래들

동돌이야 못 되겠고 낭패로야 애석한데

닭장에 휙 던져주느니

기겁하듯 몰려든 닭

화초닭과 오골계도 닭장 밖의 참새떼도

모래 든 두부라도 혀에 녹듯 진미인 듯

따로이 먹을 이 있구나

천지간이 임자인 두부

병후 난초

한 사흘 몸살 들어 집 밖을 못 나갔는데

거실에 들여논 난蘭은 청처짐한 국수國手인 듯

고요는 난촉蘭燭을 틔우고

병든 잎은

도산道山에 드네

자라는 탑

딸내미 무동 태운 아비가 가리킨 건

무지개와 버들개지

두루미가 나는 서쪽,

딸애의 발바닥 밑에

디딤돌인 아빠 두 손

사랑의 일이라면

사랑의 일이라면 일평생 모은 재산
공중 흘레 끝낸 매미 제 몸마저 던져주듯
흔쾌히 난처難處에 흘리듯
큰 손 하나 얻겠네

사랑의 일이라면 악한惡漢의 해코지 앞에
손도 팔도 부러뜨려 허물어지듯 절을 하리
패악을 멈춘 발등을
선 눈물로 닦아주리

사랑의 일이라면 이 목숨 어이 번질까
천야만야千耶萬耶 윤슬처럼 덧없는 찬란 앞에
달포쯤 명命 가불해 주듯
숨탄 떡을 돌리리

사랑의 일이라면 헛무덤에 드러눕네
굳긴 그대 숨 터오는 그 광야 끝 첫 마중이
바위를 꽃처럼 열어
미립 나듯 미소가 벌리

사랑의 일이라면 지옥도地獄圖라 구긴 이 생生
가만히 다시 펼쳐 그윽이 다시 번져
다솜을 물들이듯이
황홀경恍惚境이 동터오네

파기破器

눈 온 저녁 사기그릇을 파삭하니 깨쳤더니

원만하던 그 안에는 창도 칼도 신랄辛辣쿠나

낭패가 아무리 큰들

천지간은 품는 기명器皿

쏘다니다

산군山君 범을 길들여 타고

쌍봉낙타 물 냄새를 맡듯

어느 날은 야차처럼 또 하루는 가섭처럼

번뇌는 맛 들어가겠지

벌불 끝에

벌물 끝에

큰손

그 옛적엔 이문 없이 파는 맘이 상서로워

댓잎으로 삵을 깔고 대숲 바람에 요길 해도

만연한 미소의 나날을

씀씀이로 번져가니

밑지고도 얻어듣는 늡늡한 속종일랑

일식일찬—食—饌 댓그늘로 적막에도 손이 컸던

어머니, 늡늡한 가난이

내어주고 웃는 품

쥐덫

　냉장고에 쥐덫을 놔 술 도둑을 잡겠다니

　그것이 무슨 황당인가 오랜만에 귀가 솔깃 눈도 귀에 붙었는데, 아비는 냉장고 안쪽 깊이 맥주 박스 들여놓고 밭일하고 돌아와 해갈주解渴酒로 하렸더니 늦장가도 못 간 과년한 아들놈이 집에 와 2차 혼술로 시시로 쥐 파먹듯 캔맥주를 거덜낸 것, 은근히 부아가 난 아비는 술 훔치는 아들에 관한 '부자지간父子之間'이란 시를 써왔길래, 아버지와 아들이 얼굴 마주 없이 시간차로 대작對酌 꽤나 하셨군요! 아들은 아버지한테 술로서 시비 걸듯 내리사랑 얼러내고 아버지는 아들한테 지청구의 시편으로 묵은 정을 내비쳤으니,

　쥐덫도 낮술을 먹고 스프링이 플리겠네

가까이 가 보니

멀리서 바라보면 그림 같단 말씀인데

　흥업면興業面 매지리梅芝里의 골안개 낀 산골에선 어느 해 봄날만 해도 외양간의 소를 끌어 쟁기를 붙여 논밭을 갈아엎는 백발 농투성이 그럴싸했는데, 구수한 으여 으여 으랴 으럇 소리, 그 우경牛耕 소리에 워낭소리 낭랑하게 갈마들었다네 둘러선 산봉들이 산골 분지 에워싸듯 까마귀가 제 수다를 다 까먹을 지경이고, 한량 같은 동네 개들도 구순해진 눈빛으로 긴 하품을 물었다는데, 대처大處서 온 사진가 양반 차마 그걸 놓칠 건가 망원렌즈로 찍다가도 좀 더 가까이 좀 더 가까이 트랙터에 맞짱을 뜬 겨릿소의 당찬 걸음, 녹이 걷힌 보습 날의 반짝임과 백발의 농투성이 깡다구를 가까이 찍어보자 논두렁에 다가들 때, 웬 육시戮屍헐 소리 지랄발광 육두문자가 허연 침을 튀기는데, 험악한 지청구에도 귀에 인이 박힌 듯 안소와 마릿소는 묵묵히 미소의 석釋두겁을 썼으니 적적한 산골짝 논배미가 늙으나 젊은 욕에 화들짝 봄을 마저 깨쳤으니

　겉볼안 누가 그랬나 저 으늑한 안개 속을

84

벌판의 꽃나무

— 李箱

벌판에 나가보니 죽은 나무가 꽃 들었네
외딴 것 홀로 외딴 것
생사生死가 한 마당인데,
꽃에선 귓속말이 흘러
앳된 옛일들 귀띔했네

권태倦怠를 피우느라 죽은 줄 예 모르고
이상한 열심熱心인 꽃
벌판마저 기문奇文이니,
꽃나무 한패貝만 가져도
온 겨울이 따스했네

기도객

나무는 평생 기도,
두 팔 벌려 새 모으듯

기도마저 어설픈 난
술도 치는 기도객,

섹스는
둘이 엮는 기도,
이세二世도 오고 가는,

후룩대는 국수의 기도,
간이역의 열차 기도,

낮잠에 든 소파와
매춘부의 호객 기도,

개오동 너른 잎 찢는
우박, 너도
기도객客

빗물 속의 술집

간밤에 비가 와서 물웅덩이 눈을 떴네
먹자골목 한낮에는 술집도 절간 같아
취중에 못 가져간 말들
외상처럼 맴을 도네

물거울에 비친 낮달, 뱃구레가 홀쭉한데
물에 비친 술집 간판은 물속에도 목마른 이름,
술집을 통째로 기울여
목을 한 번 적실텐가

당신의 수건

뙤약볕 내리쬐는 들깨밭에 김을 맬 때
당신의 머리를 동인 수건은 결사 같아도
서슬에 흘러내리면 구슬땀을 훔치시는

찰랑이는 물동이며 참깨단을 머리에 일 때
목에 걸친 수건일랑 똬리 틀어 머리에 얹고
무끈히 먼 길 돌아와 저녁밥을 안치시는

이웃의 팔순 잔치에 허드렛일 울력 갔다
허리 쉼도 짬이 없네 손이 붉게 설거지하다
전煎이며 남은 음식을 수건 펼쳐 싸 오시던

치매 앓는 낯설 할매 정신없이 찾아들면
세수며 늦은 점심 받자하니 수발든 후에
수건을 목침木枕 삼으라 그 뒷목에 고이시던

오늘은 면민面民의 날 기념타올 두르고선
빈 소쿠리 옆에 끼고 산미나리밭 울력 가선
땀 결은 눈물을 훔쳐도 다솜만은 두둑한 당신

겨울 농사

들판에 바람을 풀듯
묵정밭엔 숫눈을 심지

낮별한텐 새를 날리고
밤하늘엔 뭇별을 심네

그러고 남는 속종엔
그대라는 화로를 품지

갈지자와 지그재그

불콰하신 당신께서 갈지자로 집에 올 때
그런 날의 밤하늘엔 성성한 별들의 아회雅會
별자리, 저 영롱한 걸음이
갈지자의 향연 같네

갈지자의 한 집 건너 삼이웃인 지그재그,
의형제를 맺은 날은 진눈깨비도 오락가락
공중엔 설왕설래의
대회전大回轉의 겹꽃들이네

나 오늘 자전거 타고 들길에서 돌아올 때
보도블록 틈새 위로 지렁이가 출타하셔
꼬부랑, 그 불립문자를
피하느라 지그재그네

매향梅香은 그친 지가 한 보름 지났어도
허공의 중음계中音階를 갈지자로 번져가듯
개미떼 피하는 자전거가
주름잡듯 지그재그네

미소의 영원

영산홍 폈던 날은 눈을 잠시 깜박인 듯이
꿈결의 보조개가 사랑홉다 패인 듯이
덧없이 지워져나가는
공기의 파문인 듯이

영원하다 믿어보는 물건 하나 있다치면
미소는 얼굴에서 길어올린 샘물이듯
이걸로 맘의 밥 안치면
영겁인 듯 찰진 찰나여

해묵은 바위한테 그윽이 톺아보면
그 미소 번져나오듯 이끼가 슬어가듯
가닿을 그곳을 몰라도
손이 가는 고요여

은어를 부르다

수박 향이 난다기에 은어야 불러보길

한겨울 쥘부채로 햇살을 떠들면서

강 한 줄 불러야겠다

은어서껀 데려오는,

내 삶은 어딜 저며 풋내라도 떠볼 텐가

겨울이 한여름을 풀무처럼 품다보면

수박에 머리를 처박고

꼬리치는 은어이듯

해 기운 평상에 앉아 소름 키운 그대와 나

몇 점의 수박 회膾를 그윽이 혀에 얹고

서슬엔 혀들이 오가는

수박 은어

파란波瀾이네

등나무 집

등나무가 어렸을 때 햇빛 끓던 남향집이
추어탕을 끓여 팔며 등꽃 그늘 환했지
원조의 할머니 뜨시자
먹빛 그늘 똬리 트네

간판 대신 할머니의 영정 사진 올렸더니
끊겼던 손님들이 유족처럼 찾아들고
저마다 이 손맛이라며
궂긴 할매를 되살리네

우람해진 등藤넝쿨이 바깥마당 휘어 덮고
늘어진 꽃주렴 아래 추두부鰍豆腐를 먹는 노인,
간판의 원조 할매더러
같이 뜨자, 눈짓 깊네

허기지면 등꽃마저 서둘러 불을 끄나
오란비도 출출한데 추탕 하나 비우고 가라
원조元祖의 저승 밥집엔
아귀餓鬼들도 줄을 섰겠네

마스크 열전

침방울이 날리는 건 침묵이 야윈 방증,
원숭이와 박쥐서껀 염병이 옮아온 건
귀보다 입을 많이 쓴
말의 쏠림 탓일까

석씨釋氏의 귓불을 그리듯 가만한 경청이면
엿보듯이 노리듯이 해코지도 돌려세워
그윽한 그 고요 앞에서
사경寫經하듯 소슬한 날

개들의 입질에는 입마개를 채워주듯
그간의 허구한 말로 벼락 하날 다독였나
입에도 차꼬를 채워
제 숨소리 들으란듯

가끔은 인파를 멀리 홀로 든 대숲에서
파하, 하고 더운 한숨 단시短詩처럼 토할 때면
귓등에 걸린 입마개
나비처럼 팔랑이네

천도

털이 난 과일이라 제사에도 못 올린 게

어머니께 송구한 맘 꿈결에 번진 듯이

복숭아 씨앗 하나가

목에 걸려 자라난 뒤

색동옷을 입은 듯이 털 없는 미끈한 때깔

나는야 천도天桃씨를 하늘로 뱉는 버릇

천상에 잘 맺혀 자란 과果

당신께서 드시압

홍시

고양이가 유난스레 감나무를 올려다본다
청시靑柿가 물이 드니 짐승인양 불콰해서
제맛엔 눈길이 쏠리는
별스러운 가을녘

떫었던 내 속종도 가을볕에 내다 널면
다솜의 눈총을 얻어 감미로울 마련인가
넋 들여 가을을 받들면
소슬해질 맘이여

하늘과 볕과 바람을 별전別典인양 읽다 보면
받자하니 물들어서 달아지는 고통이여
당신의 하늘 쪽으로
청처짐한 성翠가지여

산란山蘭과 막걸리

춘니春泥가 루주 같은 봄
내 맘은 오두막 같네

적적한 꿈자리에
산석山石 하나 옮겨놓듯

춘란이 산남山南에 벙글어
산가의 기별이 오듯

옥생각은 벗어둔 채
나는 오늘 나의 동무,

연초록 산빛에 들려
낮술이 자꾸 뒤따르듯

어느 새 한 대접 그득
서시西施의 젖빛 살결

염증 든 어깨 한쪽에

춘란 그림자 드리운 채

볕 드는 고적함도
맘에 드는 안주같이

향마저 술에 어리어
봄산마저 불콰해라

봄비

하늘의 편년체로 빗발이 갈마드는
메마른 펀더기에 풀들은 돋아나게
백목련 사관史官들마저 붓을 던진 공친 날

한낮이 어둑해서 새벽을 꿔온 듯해도
영원의 윗목 기억들 버들치로 몰리는
생사가 사늑해지는 보슬비 한통속인 날

연두에 입술이 젖는 빗방울의 호사로다
부정에 긍정을 더한
호릿소가 겨릿소마냥
대지를 겹겹이 깨우는 역발산力拔山의 부름이로다

골동骨董
— 무지개

광장 곁 솔밭 위로 무지개가 떴음에
호오, 저걸 가지고 저걸 휘돌려서
줄넘기 몇 번을 할까
골똘함이 천재 같다

궂긴 이도 한 몫 끼고 아픈 이도 한 몫 껴라
널 위에 썩어가다 구들더께 누웠다가
무지개 줄넘기하면
숨탄 것이 될 듯하니

못 쓸 것 같아지면 다시금 공중에 걸어
신물神物을 되작이듯 선사先史의 화수분이듯
번뇌도 잘 걸어놓으면
일곱 빛깔 꽃타래지

시인의 산문

댓잎 그림자 어른대는 석물石物인데 이름이 호젓한 식물 같을 때가 있다. 단단함과 여림이 하나의 어휘 속에서로 휘감아 도는 경우가 있다. 작은 바위와 식물의 뉘앙스는 그리하여 세상이 부르는 바와 실물 사이에 두동지듯 어울린다.

늦겨울 따순 볕에 땅과 댓돌에 구멍을 내며 떨어지는 석임물을 하릴없이 셀 때면 무엇 하나 담담히 그립지 않은 것이 없다. 그 적막한 한낮의 풍경들 곁에 시조는 차경借景의 눈시울이 습습해지곤 한다.

주술 같으나 그것은 마음의 솥에 덮으면 그 뜨거움 가신 뒤에 고요가 한 마당 열리는 시조는 왜 없겠나. 옥생각에 빠지지 않는 징검돌들 같은 것이나, 어느 난처難處와 모진 헤매임과 세월의 가위눌림에 처했을 때 선선히 손 이끄는 눈매 그윽한 빛살이 간절할 때, 가납사니와 나쁜 기운의 살煞들을 녹이는 상용의 부적 같은 것이 종요로울 때, 틀어올린 포도넝쿨의 포도잎 그늘을 이마에 받듯 시조를 떠올린다.

시절가조라는 말에는 응당 시절과 시대에 대한 늠연凜然하고 결 고운 영육, 즉 몸의 시적 대응이 서린 일종의 방편이 돋아나는 것이면 좋겠다. 새삼 시조가 무슨 세속적 효험이고 효능이 있을까라고 누구는 의구심을 드러낼지도 모른다.

그러나 구태의연한 정형시의 관념 속에 새로운 간원의 촉燭이 솟아도 뭐랄 것이 없다. 오히려 소슬하고 기껍다. 그것은 우리의 삶이 비루하고 열등한 자기환멸에 빠졌을 때 그걸 가만히 보듬고 깨치듯 퉁기는 일의 종요로움이다. 시조에는 그런 잠재된 문학적 영성의 고스란한 기운이 서렸다 여긴다. 상투적인 시형식이 아닌 마음의 호주머니에서 언제든 꺼내 들 수 있는 일용할 그 무엇이면 좋겠다. 부스럭거리며 손에 쥐어진 것을 버리려 했는데 그걸 가만히 펴보니 새벽 어령칙한 꿈자리의 동티가 없는 중얼거림이 적바림된 것이 아닌가. 그 메모를 가만히 주워섬기니 옅은 서러움 같기도 하고 가만한 기쁨 같기도 하다. 박수 심방의 주문과 진언 같기도 하고 혼잣말의 노래 같기도 하다. 때로는 용채가 없어 공터에서 혼자 마시는 호젓한 선술 같기도 하고 가납사니 같은 누군가의 삿된 말을 되새겨 다시 전환하는 경계의 입말 같기도 하다.

허우룩한 맘에 국수처럼 삶아 후르륵 후르륵 들이키는 가락국수이다가 문득 아무도 눈여겨보지 않는 가로수 밑의 뿌리너겁에 쉬는 돌멩이처럼 제 딴엔 스스로 고즈넉한 완물玩物이기도 하다.

세상 이런 일이 꼭 일어나야 하는가, 부아가 치밀고

심히 안타까운 먼 이웃 나라의 전쟁을 성토하는 격문檄文의 어깨동무 연판장이거나 대안이 없는 지구촌의 불상사를 어찌 돌봐야 하나 수심이 든 사람의 번민에 동참하는 새벽 새소리와 두런대는 별들이어도 괜찮겠다. 그런 이의 맨발에 성큼 내외 없이 올라서는 봄날 거미 같은 것이어도 동티가 나지 않겠다. 무릇 시조의 속종은 그악한 것들에 대한 성토와 어울려 사는 것들의 구순한 생태가 함께 한다. 이 당연함이 새삼 종요롭고 그립고 안타까운 것은 어느 구새먹은 나무에만 서려두랴. 시조라면 오래 그 곁을 주었으니 황진이도 품다 가고 가람 선생도 품다간다. 시공을 넘나드는 일로 시조는 일찍이 동에 번쩍 서에 번쩍 풍진風塵에 오히려 정들어라. 저잣거리 장삼이사도 무명씨의 시조 가락에 욕지거리를 섞어 세상을 통박하기도 했으리라. 메타버스metaverse가 회자하는 이즈음 시조는 새로운 현실의 오래된 연결자連結者처럼 증강해도 좋으리라.

외로운 맘에 산봉우리에는 이르지 못하고 한 언덕에 오르면 크고 작은 번민을 쓰다듬을 만한 구절이 늡늡하니 시조다. 선선한 바람에 팔등의 소름을 쓸어도 소슬한 가락이 없으랴. 그런 언덕을 내려와 우연히 걷게 되는 호숫가에 묵은 갈대가 촉루髑髏 같이 남았는데 그사이 새뜻한 초록의 갈대 애순이 올라왔다. 생사가 갈마드는 이 갈대 뿌리의 숨은 내력과 내공을 건너짚듯 호수 물결을 발등에 적실 때가 있다. 이 아니 시조의 은근하고 철럼한 기운과 교감이 아니랴.

어느 날은 일상의 관계에 치어 어디 사람이 멀리 두고 물가에 이르렀을 때 새삼 버드나무 잎새가 손등을 스치고 팔뚝을 쓸어주었다. 제법 높은 가지에서 내린 버들가지가 목덜미를 쓸어주었다. 서늘하니 놀라는 듯 이내 모종의 위로됨이 스쳤다. 그런 말 없는 구절 가까이 이른 시조가 물바람처럼 귓불과 뺨을 스칠 때가 있다.

어느 날 이른 사람의 소식을 들었을 때 언뜻 말이 솟지 않아서 마음 저 어웅한 데를 뒤져보곤 한다. 그 어느 때보다 위로의 한두 마디가 곡진하다. 그 건네줄 만한 으늑한 한숨의 포옹 같은 말부림이 시조였으면 한다. 정형의 형식과 내용을 따로이 견주거나 마련하지 않아도 그 맘에 사랑과 관심이 번진 자연自然이라면 어느 땐들 가락이 도반道伴 같지 않을까.

바라고 바라는 가운데 고졸한 창연함이 동터오는 오래된 새로운 가락이 왜 없겠는가. 거기 서린 말들의 소슬함을 기꺼이 받자하는 것도 늦깎이의 새로움이자 스스로 간구하는 설렘의 눈길이지 싶다.

황금알 시인선

01 정완영 시집 | 구름 山房산방
02 오탁번 시집 | 손님
03 허형만 시집 | 첫차
04 오태환 시집 | 별빛들을 쓰다
05 홍은택 시집 | 통점痛點에서 꽃이 핀다
06 정이랑 시집 | 떡갈나무 잎들이 길을 흔
　　들고
07 송기흥 시집 | 흰빰검둥오리
08 윤지영 시집 | 물고기의 방
09 정영숙 시집 | 하늘새
10 이유경 시집 | 자갈치통신
11 서춘기 시집 | 새들의 밥상
12 김영탁 시집 | 새소리에 몸이 절로 먼 산
　　보고 인사하네
13 임강빈 시집 | 집 한 채
14 이동재 시집 | 포르노 배우 문상기
15 서 량 시집 | 푸른 절벽
16 김영찬 시집 | 불멸을 힐끗 쳐다보다
17 김효선 시집 | 서른다섯 개의 삐걱거림
18 송준영 시집 | 습득
19 윤관영 시집 | 어쩌다, 내가 예쁜
20 허 림 시집 | 노을강에서 재즈를 듣다
21 박수현 시집 | 운문호 붕어찜
22 이승욱 시집 | 한숨짓는 버릇
23 이자규 시집 | 우물치는 여자
24 오창렬 시집 | 서로 따뜻하다
25 尹錫山 시집 | 밥 나이, 잠 나이
26 이정주 시집 | 홍등
27 윤종영 시집 | 구두
28 조성자 시집 | 새우깡
29 강세환 시집 | 벚꽃의 침묵

30 장인수 시집 | 온순한 뿔
31 전기철 시집 | 로깡땡의 일기
32 최을원 시집 | 계단은 잠들지 않는다
33 김영박 시집 | 환한 물방울
34 전용직 시집 | 붓으로 마음을 세우다
35 유정이 시집 | 선인장 꽃기린
36 박종빈 시집 | 모차르트의 변명
37 최춘희 시집 | 시간 여행자
38 임연태 시집 | 청동물고기
39 하정열 시집 | 삶의 흔적 돌
40 김영석 시집 | 거울 속 모래나라
41 정완영 시집 | 詩菴시암의 봄
42 이수영 시집 | 어머니께 말씀드리죠
43 이원식 시집 | 친절한 피카소
44 이미란 시집 | 내 남자의 사랑법法
45 송명진 시집 | 착한 미소
46 김세형 시집 | 찬란을 위하여
47 정완영 시집 | 세월이 무엇입니까
48 임정옥 시집 | 어머니의 완장
49 김영석 시선집 | 모든 구멍은 따뜻하다
50 김은령 시집 | 차경借景
51 이희섭 시집 | 스타카토
52 김성부 시집 | 달항아리
53 유봉희 시집 | 잠깐 시간의 발을 보았다
54 이상인 시집 | UFO 소나무
55 오시영 시집 | 여수麗水
56 이무권 시집 | 별도 많고
57 김정원 시집 | 환대
58 김명린 시집 | 달의 씨앗
59 최석균 시집 | 수담手談
60 김요아킴 야구시집 | 왼손잡이 투수
61 이경순 시집 | 붉은 나무를 찾아서
62 서동안 시집 | 꽃의 인사법
63 이여명 시집 | 말뚝
64 정인목 시집 | 짜구질 소리

65 배재열 시집 | 타전

66 이성렬 시집 | 밀회

67 최명란 시집 | 자명한 연애론

68 최명란 시집 | 명랑생각

69 한국의사시인회 시집 | 닥터 K

70 박장재 시집 | 그 남자의 다락방

71 채재순 시집 | 바람의 독서

72 이상훈 시집 | 나비야 나비야

73 구순희 시집 | 군사 우편

74 이원식 시집 | 비둘기 모네

75 김생수 시집 | 지나가다

76 김성도 시집 | 벼락마을

77 권영해 시집 | 봄은 경력 사원

78 박철영 시집 | 낙타는 비를 기다리지 않
는다

79 박윤규 시집 | 꽃은 피다

80 김시탁 시집 | 술 취한 바람을 보았다

81 임형신 시집 | 서강에 다녀오다

82 이경아 시집 | 겨울 숲에 들다

83 조승래 시집 | 하오의 숲

84 박상돈 시집 | 와! 그때처럼

85 한국의사시인회 시집 | 환자가 경전이다

86 윤유점 시집 | 내 인생의 바이블 코드

87 강석화 시집 | 호리천리

88 유 담 시집 | 두근거리는 지금

89 엄태경 시집 | 호랑이를 탔다

90 민창홍 시집 | 닭과 코스모스

91 김길나 시집 | 일탈의 순간

92 최명길 시집 | 산시 백두대간

93 방순미 시집 | 매화꽃 펴야 오것다

94 강상기 시집 | 콩의 변증법

95 류인채 시집 | 소리의 거처

96 양아정 시집 | 푸줏간집 여자

97 김명희 시집 | 꽃의 타지마할

98 한소운 시집 | 꿈꾸는 비단길

99 김윤희 시집 | 오아시스의 거간꾼

100 니시 가즈토모(西一知) 시집 | 우리 등
뒤의 천사

101 오쓰보 레미코(大坪れみ子) 시집 | 달의
얼굴

102 김 영 시집 | 나비 편지

103 김원옥 시집 | 바다의 비망록

104 박 산 시집 | 무아의 푸른 샛별

105 하정열 시집 | 삶의 순례길

106 한선자 시집 | 울어라 실컷, 울어라

107 김영철 어린이시조집 | 마음 한 장, 생
각 한 겹

108 정영운 시집 | 딴청 피우는 여자

109 김환식 시집 | 버팀목

110 변승기 시집 | 그대 이름을 다시 불러
본다

111 서상만 시집 | 분월포芬月浦

112 잇시키 마코토(一色真理) 시집 | 암호
해독사

113 홍지헌 시집 | 나는 없네

114 우미자 시집 | 첫 마을에 닿는 길

115 김은숙 시집 | 귀띔

116 최연홍 시집 | 하얀 목화꼬리사슴

117 정경해 시집 | 술항아리

118 이월춘 시집 | 감나무 맹자

119 이성률 시집 | 둘레길

120 윤범모 장편시집 | 토함산 서굴암

121 오세경 시집 | 발톱 다듬는 여자

122 김기화 시집 | 고맙다

123 광복70주년,한일수교 50주년 기념 한
일 70인 시선집 | 생의 인사말

124 양민주 시집 | 아버지의 늪

125 서정춘 복간 시집 | 죽편竹篇

126 신승철 시집 | 기적 수업

127 이수익 시집 | 침묵의 여울

128 김정윤 시집 | 바람의 집

129 양 숙 시집 | 염천 동사炎天 凍死

130 시문학연구회 하로동선夏爐冬扇 시집 |
　　안개가 자욱한 숲이다

131 백선오 시집 | 월요일 오전

132 유정자 시집 | 무늬

133 허윤정 시집 | 꽃의 어록語錄

134 성선경 시집 | 서른 살의 박봉 씨

135 이종만 시집 | 찰나의 꽃

136 박중식 시집 | 산곡山曲

137 최일화 시집 | 그의 노래

138 강지연 시집 | 소소

139 이종문 시집 | 아버지가 서 계시네

140 류인채 시집 | 거북이의 처세술

141 정영선 시집 | 만월滿月의 여자

142 강흥수 시집 | 아비

143 김영탁 시집 | 냉장고 여자

144 김요아킴 시집 | 그녀의 시모노세끼항

145 이원명 시집 | 즈믄 날의 소묘

146 최명길 시집 | 히말라야 뿔무소

147 시문학연구회 하로동선夏爐冬扇 시집 2 |
　　출렁, 그대가 온다

148 손영숙 시집 | 지붕 없는 아이들

149 박 잠 시집 | 나무가 하늘뼈로 남았을 때

150 김원욱 시집 | 누군가의 누군가는

151 유자효 시집 | 꼭

152 김승강 시집 | 봄날의 라디오

153 이민화 시집 | 오래된 잠

154 이상원李相源 시집 | 내 그림자 밟지 마라

155 공영해 시조집 | 아카시아 꽃숲에서

156 미즈타 노리코(水田宗子) 시집 | 귀로

157 김인애 시집 | 흔들리는 것들의 무게

158 이은심 시집 | 바닥의 권력

159 김선아 시집 | 얼룩이라는 무늬

160 안평옥 시집 | 불벼락 치다

161 김상현 시집 | 김상현의 밥詩

162 이종성 시집 | 산의 마음

163 정경해 시집 | 가난한 아침

164 허영자 시집 | 투명에 대하여 외

165 신병은 시집 | 곁

166 임채성 시집 | 왼바라기

167 고인숙 시집 | 시련은 깜찍하다

168 장하지 시집 | 나뭇잎 우산

169 김미옥 시집 | 어느 슈퍼우먼의 즐거운
　　감옥

170 전재욱 시집 | 가시나무새

171 서범석 시집 | 짐작되는 평촌역

172 이경아 시집 | 지우개가 없는 나는

173 제주해녀 시조집 | 해양문화의 꽃, 해녀

174 강영은 시집 | 상냥한 시론詩論

175 윤인미 시집 | 물의 가면

176 시문학연구회 하로동선夏爐冬扇 시집 3 |
　　사랑은 종종 뒤에 있다

177 신태희 시집 | 나무에게 빚지다

178 구재기 시집 | 휘어진 가지

179 조선희 시집 | 애월에 서다

180 민창홍 시집 | 캥거루 백bag을 멘 남자

181 이미화 시집 | 치통의 아침

182 이나혜 시집 | 눈물은 다리가 백 개

183 김일연 시집 | 너와 보낸 봄날

184 장영춘 시집 | 단애에 걸다

185 한성례 시집 | 웃는 꽃

186 박대성 시집 | 아버지, 액자는 따스한
　　가요

187 전용직 시집 | 산수화

188 이효범 시집 | 오래된 오늘

189 이규석 시집 | 갑과 을

190 박상옥 시집 | 끈

191 김상용 시집 | 행복한 나무

192 최명길 시집 | 아내

193 배순금 시집 | 보리수 잎 반지
194 오승철 시집 | 오키나와의 화살표
195 김순이 시선집 | 제주야행濟州夜行
196 오태환 시집 | 바다, 내 언어들의 희망
　　또는 그 고통스러운 조건
197 김복근 시조집 | 비포리 매화
198 시문학연구회 하로동선夏爐冬扇 시집 4 |
　　너에게 닿고자 불을 밝힌다
199 이정미 시집 | 열려라 참깨
200 박기섭 시집 | 키 작은 나귀 타고
201 천리(陳黎) 시집 | 섬나라 대만島/國
202 강태구 시집 | 마음의 꼬리
203 구명숙 시집 | 뭉클
204 옌즈(閻志) 시집 | 소년의 시少年辭
205 문학청춘작가회 동인지 2 | 그날의 그
　　림자는 소용돌이치네
206 함국환 시집 | 질주
207 김석인 시조집 | 범종처럼
208 한기팔 시집 | 섬, 우화寓話
209 문순자 시집 | 어쩌다 맑음
210 이우디 시집 | 수식은 잊어요
211 이수익 시집 | 조용한 폭발
212 박 산 시집 | 인공지능이 지은 시
213 박현자 시집 | 아날로그를 듣다
214 시문학연구회 하로동선夏爐冬扇 시집 5 |
　　너를 버리자 내가 돌아왔다
215 박기섭 시집 | 오동꽃을 보며
216 박분필 시집 | 바다의 골목
217 강홍수 시집 | 새벽길
218 정병숙 시집 | 저녁으로의 산책
219 김종호 시선집
220 이창하 시집 | 감사하고 싶은 날
221 박우담 시집 | 계절의 문양
222 제민숙 시조집 | 아직 괜찮다
223 문학청춘작가회 동인지 3 | 고양이가
　　앉아 있는 자세
224 신응준 시집 | 이연당집怡然堂集·下
225 최 준 시집 | 칸트의 산책로
226 이상원 시집 | 변두리
227 이일우 시집 | 여름밤의 눈사람
228 김종규 시집 | 액정사회
229 이동재 시집 | 이런 젠장 이런 것도 시
　　가 되네
230 전병석 시집 | 천변 왕버들
231 양아정 시집 | 하이힐을 믿는 순간
232 김승필 시집 | 옆구리를 수거하다
233 강성희 시집 | 소리, 그 정겨운 울림
234 김승강 시집 | 회를 먹던 가족
235 김순자 시집 | 서리꽃 진자리에
236 신영옥 시집 | 그만해라 가을산 무너지
　　겠다
237 이금미 시집 | 바람의 연인
238 양문정 시집 | 불안 주택에 거居하다
239 오하룡 시집 | 그 너머의 시
240 문학청춘작가회 동인지 4 | 참꽃
241 민창홍 시집 | 고르디우스의 매듭
242 김민성 시조집 | 간이 맞다
243 김환식 시집 | 생각이 어둑어둑해질 때
　　까지
244 강덕심 시집 | 목련, 그 여자
245 김유 시집 | 떨켜 있는 삶은
246 정드리문학 제10집 | 바람의 씨앗
247 오승철 시조집 | 사람보다 서귀포가 그
　　리울 때가 있다
248 고성진 시집 | 솔동산에 가 봤습니까
249 유자효 시집 | 포옹
250 곽병희 시집 | 도깨비바늘의 짝사랑
251 한국·베트남 공동시집 | 기억의 꽃다
　　발, 짙고 푸른 동경
252 김석련 시집 | 여백이 있는 오후

253 김석 시집 | 괜찮다는 말 참, 슬프다

254 박언휘 시집 | 울릉도

255 임희숙 시집 | 수박씨의 시간

256 허형만 시집 | 만났다

257 최순섭 시집 | 플라스틱 인간

258 김미옥 시집 | 목련을 빚는 저녁

259 전병석 시집 | 화본역

260 엄영란 시집 | 장미와 고양이

261 한기팔 시집 | 겨울 삽화

262 문학청춘작가회 동인지 5 | 파킨슨 아
저씨

263 강홍수 시집 | 비밀번호 관리자

264 오승철 시조집 | 다 떠난 바다에 경례

265 김원옥 시집 | 울다 남은 웃음

266 서정춘 복간 시집 | 죽편竹篇

267 (사)한국시인협회 | 경계境界

268 이돈희 시선집

269 한국의사시인회 시집 | 바람의 이름으로

270 김병택 시집 | 서투른 곡예사

271 강희근 시집 | 파주기행

272 신남영 시집 | 명왕성 소녀

273 염화출 시집 | 제주 가시리

274 오창래 시조집 | 다랑쉬오름

275 오세영 선시집 | 77편, 그 사랑의 시

276 곽애리 시집 | 주머니 속에 당신

277 이철수 시집 | 넘어지다

278 김소해 시조집 | 서너 백년 기다릴게

279 손영숙 시집 | 바다의 입술

280 임동확 시집 | 부분은 전체보다 크다

281 유종인 시조집 | 용오름